YOUMU
CHENGHUAI

游目骋怀

马立远／著

团结出版社
UNITY PRESS

图书在版编目（CIP）数据

游目骋怀／马立远著. -- 北京：团结出版社，
2023. 11
ISBN 978-7-5234-0639-7

Ⅰ. ①游… Ⅱ. ①马… Ⅲ. ①诗词-作品集-中国-
当代 Ⅳ. ①I227

中国国家版本馆 CIP 数据核字（2023）第 232040 号

出　　版：	团结出版社
	（北京市东城区东皇城根南街 84 号　邮编：100006）
电　　话：	（010）65228880　65244790
网　　址：	www. tjpress. com
E - mail：	65244790@ 163. com
出版策划：	书香力扬
经　　销：	全国新华书店
印　　刷：	四川科德彩色数码科技有限公司
开　　本：	137mm×210mm　1/32
印　　张：	7. 375
字　　数：	236 千字
版　　次：	2023 年 11 月第 1 版
印　　次：	2023 年 11 月第 1 次印刷
书　　号：	ISBN 978-7-5234-0639-7
定　　价：	52. 00 元

序

李牧童

古者论诗，莫不原心志而本性情。盖人禀七情，外感于物，情动于中，形而为言，自然之道也。故刘勰谓诗者，持人性情，盛言为情而造文。黄梨洲亦云诗从性情而出，性情之中，海涵地负，千变万化，而诗道之大，巨细无遗，皆所藏纳。至乎随园主人踵继公安三袁之要旨，针砭时弊，大倡性灵之说，斯亦极矣。是以明诗之道，贵在修心，心志正，则诗自正，心志邪，则诗亦邪。天生万类，性情有别，而诗风亦以此相异矣，信如薛一瓢所云："邕快人诗必潇洒，敦厚人诗必庄重，倜傥人诗必飘逸，疏爽人诗必流丽，寒涩人诗必枯瘠，丰腴人诗必华赡，拂郁人诗必凄怨，磊落人诗必悲壮，豪迈人诗必不羁，清修人诗必峻洁，谨敕人诗必严整，猥鄙人诗必委靡，此天之所赋，气之所禀，非学之所至也。"即令同此一人，倘经世变，性情陡转，其文风亦必有别焉。

余与嵊州马立远先生论交不过数载，而相视已为莫逆。先生敦厚诚朴人也，崇真向善，守正怀谦，平易坦荡，郁郁有君子之风。幼出蓬门，履迹多艰，长而好文，艺备多能，尝从名家研习诗词，摛翰振藻，至今有年矣。自相识以来，数以佳构示余，俾先睹为快。余观其吟咏诸作，以状景抒情见长，无不格律谨严，清丽自然，真袁子才所谓"从性情而得者，如出水芙蓉，天然可爱"者也！其于古越胜地，多所游历，异域风光，亦有涉足，每即景以抒怀，形诸笔端。如其"众人曲径临飞阁，独我斜阳倚画桥"（《七律·冬雪初晴步临梅山有感》）、"幽谷半遮樵客路，茂林深掩野人家"（《七律·翻越日铸岭古道有感》）、"野静时闻栖鸟语，地偏坐爱暮云飞"（《七律·秋登诸葛仙山》）、"渔庄日见吟诗侣，芦渚时闻唤客声"（《七律·早春游步东鉴湖》）、"垄上人家犹好客，峰前村落任寻幽"（《七律·秋入东茗乡村》）之句云云，对仗精工，情景交融，寄怀丘壑，诗意盎然。又如"今非昔，泪痕浥，和容声影，怎生寻觅？泣泣泣"（《钗头凤·追念授业恩师邹志方先生》）、"清波缓，燕空啭，泪痕长向繁花满"（《钗头凤·重归纺车桥河沿》）、"慈心朗，自难忘，几回归梦遥相望"（《钗头凤·又怀父亲》）、"柴门才半启，已满唤儿声"（《五律·重阳过杭绍台高速探母有感》）诸句，皆情深意挚之作，读来感人肺腑，为之掩涕。盖先生重情义而轻功名，事亲则尽其孝，奉职则竭其忠，从师则致其敬，交友则推其诚，故其诗词亦往往有征焉。举凡闲情、友情、亲情、爱情，与夫故土家国之情，皆所吟咏，而以一"真"字致胜，正所谓诗如其人者也。

吾尝慨夫今之世，逞小技、饰虚车，操觚弄巧，谄势媚俗者，实繁有徒。至乎诗律词格尚未窥其门径，而呱呱自鸣、嚣声钓世之辈，斯又不足论矣。要而言之，率皆心术不正之故也。呜呼！诗道不伸，直如陆沉。时无巨子，孰为扶轮？使夫有志之士，皆得反求诸己，进德以明其性，修辞而立其诚，道器双修，文质兼得，则斯道之重光，犹可望也。

予性好静，喜独处，平素不妄交游。旅越多年，虽遇人无数，而与先生相知独深。或笑谈于静室之内，或游赏于崇阿之巅，或流连于林泉之趣，或感叹于筵席之欢。当彼之时，壮思风飞，逸情云上，志投心契，一何快哉！人生于世，固多不易，有朋若此，尚复何求？今先生吟稿付梓，嘱余作序，仆虽不才，亦何辞焉！乃欣然命笔，不惟略抒胸臆，且纪嘉谊。片言只字，岂得尽窥阃奥，权作抛砖引玉之辞耳。

（作者系著名辞赋家、文化学者）

目 录

CONTENTS

游目骋怀

目录

一、诗路新声

游目骋怀

目录

二、乡村拾味

游目骋怀

目录

三、故土寄怀

游目骋怀

目录

四、远方驻足

游目骋怀

目录

游目骋怀

目录

六、清风徐徐

八、亲情绵长

游目骋怀

目录

游目骋怀

诗路新声

众人曲径临飞阁，独我斜阳倚画桥。

——七津·冬雪初晴步临梅山有感

七律·步游若耶溪畔有感

　　近读邹志方先生专著《浙东唐诗之路》，依书中引领，步入若耶溪畔探龙瑞宫、阳明洞天、摩崖石刻……仿佛随先生游历诗路胜景。

若耶溪①畔小桥东，
恍惚飞身入画中。
渌水一湾开镜面，
青山数里似屏风。
洞天寂寂瞻镵石，
萝径悠悠觅瑞宫。
登眺空嗟时序换，
犹欣形胜古今同。

2022.05.18

---

　　① 若耶溪，亦称五云溪，今名平水江，为会稽山北麓最大河流。历代许多文人曾泛舟若耶，留下不少诗篇。

五律·若耶溪畔即景

暖风轻拂面，
举步若溪头。
日丽诸峰寂，
波清九曲流。
浣衣临野岸，
垂钓倚扁舟。
最爱林中雀，
嬉春隔叶啁。

2020. 02. 23

五律·若耶溪畔探春

丽日耶溪岸，
寻春结胜游。
山环流水暖，
莺啭竹林幽。
问柳临南浦，
看梅近陇丘。
焉知归路晚，
烹茗倚江楼。

2021. 02. 14

七律·向晚步临若耶溪畔

苍山漠漠日沉西，
树影波光入望迷。
风送渔舟清济碎，
霞披岸柳野乌啼。
孤亭忽见客垂钓，
幽径时闻水拍堤。
更喜汀洲梅已动，
但愁薄暮渐偎溪。

2022. 12. 29

七绝·迪荡湖^①寻梅

春染长堤满径芳，
一湖碧水泛粼光。
虹桥宛转连烟渚，
野步寻梅兴欲狂。

2018.02.21

---

① 迪荡湖公园位于绍兴城东，为典型的"城中湖"。

唐多令·偕友迪荡湖探春有感

堤树渐萌芽，

青葭绕岸沙，

望蘅皋、枝满琼葩。

月榭风亭时隐见，

虹桥畔、翠烟霞。

湖色自清嘉，

伴行知有涯，

更端详、鬓染霜花。

却驾轻舟驱碧浪，

澄心在、续韶华。

2018.03.15

七绝·迪荡湖漫步

雨洒汀洲柳叶黄，
碧湖潋滟鹭成行。
三秋嘉树盈堤岸，
微步独怜桂子芳。

2018. 09. 12

七绝 · 观迪荡湖夜色有感

秋夜,偕友七八人徜徉湖畔,但见长桥卧波、霓虹映水、湖泛细浪,沉醉其中。

天星闪烁碧波柔,
环曲湖堤树影稠。
独绕长廊行复歇,
眺听细浪拍琼楼。

2020. 11. 09

七律·雨后绕行绍兴迪荡湖有感

时恨长湖①看似无，

犹顾剡水汇东隅。

风来波泛千层浪，

雨后花馨十里途。

绮阁含烟莺百啭，

画桥卧碧柳相扶。

平添胜景端如许，

若遇炎凉可罢呼。

2022.05.30

---

① 长湖，这里指古鉴湖。

虞美人·冬日瑞雪

风侵庐屋冰凌结，
冬夜惊飞雪。
琼枝玉树映南窗，
更有东篱梅影、自芬芳。

梧桐巷陌同清逸，
远近浑如画。
倚楼看雪未知寒，
唯愿连绵畴野、得丰年。

2018.01.31

七绝·大环河畔即景

风定江澄柳色闲，
水清荷影映云山。
轻舟荡漾波光里，
雪鹭惊飞夕照间。

2019. 07. 03

七绝·鼓山^①行

石径萦迂入翠微，
朱楼绮户静生辉。
清吟莫苦登高阁，
骋目云山逸兴飞。

2019. 11. 10

---

① 鼓山，位于浙江新昌城西。

七律·早春访石城鼓山书院①有感

晓来微雨忽开晴，
庭宇清深举目惊。
山径林阴连户牖，
圣贤义训拥轩楹。
沿阶倍仰先儒迹，
绕舍同怀石鼓名。
一脉书香无断续，
隔墙犹听诵吟声。

2023. 02. 15

---

① 鼓山书院，位于新昌鼓山东南坡，前身乃宋嘉祐初年之石鼓书堂，对新昌教育影响深远。

浪淘沙令·登雪窦岭①

挂杖茂林边，
飞瀑溅溅。
摩天斜径客邀欢。
石裂湖澄岩壁立，
峰绕云烟。

绝顶复盘桓，
幽谷流丹。
跋山趟水未知难。
露宿草行谁识得？
唯有青山。

2017. 12. 11

---

① 雪窦岭，位于绍兴柯桥稽东镇，原为翻山古道。

五律·登嵞山^①

初夏嵞山翠，
听泉陟郁峨。
云烟笼旷野，
岩壑拥长河。
幽谷茶连舍，
苍原竹满坡。
登临兴未尽，
舞杖向天歌。

2020.05.07

① 嵞（tū，当地方言读"姿"音）山，为浙江嵊州以北最高山峰。

七绝·过鉴湖画桥

隆冬步入绍兴城西鉴湖，人立画桥之上，桥如在明镜之中，湖
光山色尽在眼前。

画桥横卧鉴湖边，
群鹭翻飞碧水天。
柳岸长堤回首望，
波光潋滟映层巅。

2020. 01. 05

七绝·冬日踏访陆游三山别业^①

游目骋怀

柳深水澈一孤村，
池阁茅庐古韵存。
坐拥湖山浑不识，
空余燕雀唱朝昏。

2020.01.13

一 诗路新声

---

① 陆游三山别业，位于绍兴城西鉴湖畔，在行宫、韩家、石堰三山
环抱之中。

五律·东湖行

春行东廓外，
一路煦风随。
万顷澄湖静，
孤峰绝壁奇。
扁舟穿柳浪，
云雀跃柔枝。
亭阁徘徊久，
闲观夕照痴。

2020. 02. 25

五律·溪头即景

时近暮春，瘟神未除，古城东江鲜见人影。

落霞临四野，
独步向汀洲。
绿树层层翠，
青溪汩汩流。
莺啼迎故客，
鱼跃逐孤舟。
春煦随波去，
花前暗自愁。

2020.04.28

五律·踏月东江

　　月夜，风轻云淡，东江水光潋滟，堤外青荷田田，临水望月，蝉声唱晚。

夏夜清穹澈，

江天豁远眸。

云飞平野静，

风起碧波柔。

幽径归吟客，

长堤泊晚舟。

听蝉临水榭，

踏月兴难休。

2020.08.06

一 诗路新声

五律·独步梅山江堤

雨后，偶入绍兴梅山江畔，但见水天一色，梅山①竦峙，船行鹭飞，别有洞天。

雨霁云天碧，

烟堤倦客过。

青山笼翠霭，

画舫驾涟波。

径曲蝉声寂，

林深鹭影多。

独怜心赏地，

徒奈独行何。

2020.07.15

① 梅山，横亘于绍兴镜湖湿地，高80米，为绍兴市区最高山，也是古越名山。

五律·梅山江畔

向晚闲步梅山江畔，念及一波疫情过去，山河无恙，百姓重归安乐，遂感而作之。

寒山斜照里，
柳径绕梅河。
苍岫飞青霭，
虹桥卧碧波。
林深栖鸟聚，
浪细跃鱼多。
垂钓芦苇岸，
皤翁绽笑窝。

2022.01.07

七律·又步梅山江畔

雨霁春山百鸟啁，

踏行水畔兴难休。

穿林薄雾依依散，

拍岸澄江滟滟流。

细草连堤繁阁外，

红梅夹道闹枝头。

眼中清绝端如许，

却恨韶光不待留。

2022. 02. 17

七律·梅山江湾即景

雨过东皋水漾湾，
韶光尽在翠微间。
虹桥横岸衔新柳，
栈道凌波接暖山。
孤叟泛舟投钓晚，
群姑惊鹭绕堤闲。
回瞻江渚如看画，
人共繁花绽笑颜。

2022.03.19

七律·冬雪初晴步临梅山有感

园林晴霁湿烟消，
寒色苍茫入望遥。
雪压梅枝花欲发，
霜凝银杏叶初凋。
众人曲径临飞阁，
独我斜阳倚画桥。
步屧湖山心未已，
唯思双鬓渐萧萧。

2023.01.04

五律·过日铸岭①

黛岑霖雨后，
薄雾抱山斜。
翠竹连幽径，
青林发嫩芽。
缘溪怜细草，
倚石羡繁葩。
坐爱芳村里，
悠然送落霞。

2021.03.07

---

① 日铸岭，位于绍兴柯桥平水镇。宋吴处厚《青箱杂识》云："昔欧冶铸剑，它处不成，至此一日铸成，故名日铸岭。"

七律 · 翻越日铸岭古道有感

游目骋怀

一 诗路新声

若耶山色翠交加，

叠岫层峦一径斜。

幽谷半遮樵客路，

茂林深掩野人家。

阴阴竹坞寻新笋，

奕奕茶畦采嫩芽。

身健不嫌蹊畛险，

悦随千嶂逐年华。

2022.04.11

五律·秋登日铸岭有感

秋暑殊难已，
探山作胜游。
天高云影澹，
峰静树梢稠。
涧畔蔬畦碧，
岩间竹径幽。
壮心存几许，
身任汗泉流。

2021. 09. 13

五律·临台州府城

　　辛丑暮春，南行临海参观古台州府城，澄江、远山、长城、老街、古塔，风景如画，含蕴丰厚。

南驰天姥后，
信步海州衙。
江渺怀千嶂，
城危抱万家。
长街阗道客，
深巷满庭花。
随意晴光晚，
痴看塔影斜。

2021.05.19

030

七绝·登江南长城^①

群峰叠翠一江横，
城雉逶迤霁景明。
猎猎旗幡辉日月，
耳边犹听战鏖声。

2021.05.05

---

① 江南长城，即台州府城墙，为一座具有军事防御与防洪双重功能
的府城城墙。

七绝·登临苑委山①

临溪一嶂白云间，
盘屈山蹊只等闲。
欲向洞天寻胜迹，
层林深处独跻攀。

2022.05.24

---

① 宛委山，位于绍兴城东南，东南接白鹤山，西南邻香炉峰，北依石矶山，东傍若耶溪。

七律·闲步八字桥^①畔即景

秋日傍晚，沿着青石古岸，经纺车桥、东双桥之后，于八字桥畔徘徊良久，沉醉于古桥、流水、人家之中。

独行柳岸步趋轻，

幽景随心次第迎。

委巷捲帘芳径曲，

长桥倒影渌波清。

近邻隔岸殷勤语，

远客登舟顾盼惊。

徙倚危栏时欲暮，

且邀眉月坐深更。

2022. 10. 03

---

① 八字桥，始建于南宋嘉泰年间（1201—1204）。以前，两桥相对而斜，状如八字，故得名。

七律·秋登刻石山①有感

苍山隐隐野人家，

水澈风轻一径斜。

满目群峰云万叠，

接天翠壁树交加。

幽岩怀古难观石，

绝顶凭高可饮霞。

何必漫寻清胜地，

身临此境足堪夸。

2022. 10. 26

---

① 刻石山，又称"鹅鼻山"，因秦始皇东巡会稽，命丞相李斯撰文刻
于此山而名载史册。

七律·欣闻绍兴地铁开通有感

莫说山阴驿路长，

飞龙循轨已融杭。

心知胜地多奇景，

喜见宾朋入越乡。

鉴水①人欢寻往迹，

梅峰②客醉斗清狂。

古贤若悉斯情状，

兰渚③高吟泛羽觞。

2022.04.28

---

① 鉴水，指绍兴鉴湖。

② 梅峰，指绍兴城北梅山。

③ 兰渚，指绍兴兰亭。

五绝·秋晨携步大雾尖①

山深空翠湿，
涧谷曙风恬。
遥瞻彩云卷，
轻移寺顶尖。

2022. 10. 28

---

① 大雾尖，位于绍兴城西福全，海拔300多米，越中名刹香山寺坐落于此山之巅。

七律·秋登诸葛仙山①

石磴纡盘过客稀，
群山环合映斜晖。
依崖烟树临清浅，
傍竹风亭倚翠微。
野静时闻栖鸟语，
地偏坐爱暮云飞。
晚秋光景端如许，
扶杖绵望几忘归。

2022. 11. 01

---

① 诸葛山，位于绍兴富盛，为绍兴、上虞两地分界岭，海拔 572 米。

七绝·冬日舜王庙①门外即景

游目骋怀

一诗路新声

槛外双溪水浅清，
檐前繁荫映霜晴。
倚栏非直闲瞻眺，
犹忆先贤圣德明。

2023.01.10

---

① 舜王庙，位于绍兴王坛舜王山，小舜江北岸，始建于南宋以前。

038

扬州慢·除夕游览天台国清寺怀旧

　　兔年除夕，我们仨穿越天姥山，游走天台国清寺。松径、塔影、石桥、双涧、"三贤"、"四绝"、五峰、千年隋梅和重重殿阁，令人叹为观止。遥思当年伴随文艺理论家钱谷融先生翻山越岭，畅游此地，慨岁月流逝，物是人非。

　　平昼风轻，寒山葱郁，田畦霜映晴空。
　　过松阴栈径，见涧水淙淙。
　　近识得、阶廊委迤，峥嵘殿宇，斜倚回峰。
　　细端详、断碣残碑，怀仰遗风。

　　寻幽良久，暗追思、知遇慈翁。
　　慕古塔摩空，三贤奇致，同赏高踪。
　　锡杖泉①清如旧，唯堪惜、远隔音容。
　　独千秋梅影，朝朝静候庭中。

2023.02.02

---

　　① 锡杖泉在国清寺内，传说泉眼为大旱之年，普明和尚用锡杖叩击草地发现。

七律·早春游步东鉴湖

绍兴陶堰东鉴湖，为马臻所筑古鉴湖堙废后之遗址，也是浙东古运河段之一，众多诗人骚客乘舟楫经此入剡溪、游天姥。

轻衫抖擞绕湖行，

浩渺微波镜面平。

人过长堤怜草绿，

舟横曲岸任潮生。

渔庄日见吟诗侣，

芦渚时闻唤客声。

凭倚梅亭看逝水，

舒怀犹咏古今情。

2023.03.07

五绝·雨中镜湖水岸即景

春寒雨未晴，
湖水岸相平。
独坐扁舟上，
柔桨逐浪行。

2023. 03. 30

一 诗路新声

七律·雨中步行若耶山麓

壬寅孟夏，偕青年"越读荟"导师、学员沿若耶溪至平阳①，入若耶山麓观茶探韵，一时兴味盎然。

青春为伴过耶溪，

渐入平阳望欲迷。

微雨氤氲原野阔，

青峰缥缈湿云低。

乍惊垄上茶生浪，

更羡村边柳秀齐。

清寂乡隅藏意趣，

痴心已醉短长畦。

2022.06.14

---

① 平阳，位于柯桥区平水镇以南，有若耶山、平阳寺和越茶馆诸景。

七绝·冬日若耶山麓观光即景

茶桑万顷望无涯，
数叠苍山染绛霞。
欲去犹迷斜照在，
四围寒色倍清嘉。

2023.01.09

七律·雨霁初晴徒步若耶山中

连宵春雨喜初晴，
屧步耶山入画屏。
倚汉峰峦惊叠翠，
卧坡茶树渐浮青。
野花相笑时聊看，
幽鸟自啼无暇听。
登眺此中殊不倦，
高吟晚照若忘形。

2023.04.03

七律·初入沃洲之梅林山

　　谷雨前夕，与同门诸弟妹相聚于沃洲山之梅林山村。钦寸明湖，水天一色；万树之村，良苗怀新，更有紫藤花下，弦歌与诗吟飘荡星空，一时沉醉其中。

湖畔山居何处寻，

杉松夹道入村深。

欣欣绿野辉朝日，

渺渺清波映远岑。

比屋庭闲听鸟语，

平畴壤沃醉林阴。

相从今古登临地，

犹向樽前恣咏吟。

2023. 04. 21

乡村拾味

清浅溪山花径暖，参差楼阁柳阴斜。

——七津·过剑灶村即景

七律·步临王城古村有感

　　辛丑秋，云轻气朗，丹桂馥郁，从喻宅入王城古村，道是国灿兄梓里，但见双桥似虹，清波如镜，娀江之水陆码头、会稽山腹地之重镇诸印记，依稀可辨；一里长街，旧貌新姿，井然有序，"会稽山明珠"名不虚传。

云淡林深野径偏，

双桥水畔傍人烟。

澄波拍岸青岑静，

楼宅依山委巷延。

夹道桂香惊远客，

连坡稻穗望丰年。

一窗一槛存遗韵，

重塑芳村别有天。

2021.10.25

七绝·水帘村①即景

青山晴翠郁嵯峨，
田垄肥腴卷黍禾。
荷笠暮归桥畔立，
人偕岸柳映清波。

2017. 08. 17

---

① 水帘村，位于新昌东部，四面青山环绕，一条小溪从村中流过，风光宜人。

五律·秋行龙池山①道中

朝来微雨歇，

登陟向云崖。

谷静千峰合，

湖幽万竹垂。

黍禾连古屋，

花柳绕疏篱。

欲去犹添恋，

清吟得自怡。

2017. 11. 11

① 龙池山步道东起绍兴青坛村，西接新华村。龙池山因山巅天池据传住有巨龙而得名。

菩萨蛮·过挚友诸暨黄畈阳之乡村别业

清溪湍急环山碧，
青禾尽处孤村寂。
翠竹掩琼楼，
庭前莺语稠。

怡堂宾客集，
燕笑盈筵席。
向晚兴犹赊，
临窗咏落霞。

2018. 06. 12

七绝·访贫途中

轻衫短笠向山中，
禾黍高低日渐丰。
时叩柴扉勤视问，
殷殷话别小桥东。

2018. 07. 18

七绝·过钦寸水库①

云崖砌坝截江流，
青嶂空幽碧水柔。
谁识湖中迁外客，
常怀别梦觅乡愁。

2018. 07. 28

七绝·钦寸湖畔

眺望寒山耸似帱，
齐峰危坝束江流。
窗临万顷岩泉水，
端觉身从物外游。

2022. 01. 14

---

① 钦寸水库，位于新昌县，水源由雪溪江、真沼江、沙溪江汇聚而成。

小重山·雅璜^①道中

秋日光风宿雨晴，

双桥依柳岸、激流清。

轩窗遥对数峰青，

晓风细、晴鹊噪闲庭。

穿巷悄无声，

登门寻访切、悉民情。

安居依仗众心凝，

待来日、乐见古村兴。

2018.09.21

---

① 雅璜，位于嵊州最西端，是"民情日记"的发源地。

七绝·印象外婆坑①

水澈山青别有天，
松房隐映列峰前。
开怀品茗凭栏坐，
心远何嗟此地偏。

2018. 09. 26

---

① 外婆坑，位于新昌与嵊州、磐安三地交界处。

鹧鸪天·又吟外婆坑

幽谷流丹峰叠云,
一溪碧水绕烟村。
泥楼结彩环山道,
远客邀欢盈栅门。

新茗冽、旧醅醇,
临风把盏菜羹纯。
地偏自喜嚣尘隔,
乐与烟霞共晓昏。

2018.10.03

朝中措·里南道中

深秋，深入嵊州里南乡村，见宁静山野，老幼留守，恬淡祥和。

孤村错落倚青峰，老树独葱茏。
疾步寒山斜径，但闻泉水淙淙。

泥楼曲巷，柴门低小，时遇衰翁。
盈望田禾丰茂，妇孺秋穑溪东。

2018. 11. 12

诉衷情近·走近上旺

秋雨初歇，深入会稽山，行至曾以"八把山锄创大业"，享有"江南大寨"美誉之绍兴上旺村。观当年吸引四海宾客之十三排屋犹在，乃思广弘"上旺精神"，则建设美丽乡村更可期待。

雨停日朗，静倚危亭瞩视。

村边碧水潺流，山野竹枝竞翠。

移步曲桥深巷，鸡犬相闻，老幼庭前憩。

金风里，盛说银锄俤事。

十三排屋，顺合乡邻意。

千葩蔚。

晚秋过了，茶桑绕雾，绮楼耸峙。

徙倚人如醉。

2018.11.23

058

七绝·沃洲湖畔赏春

　　暮春，偕友七八人，绵绵细雨中飞赴沃洲湖畔，沉醉于青山碧水之间。

雨中趋步沃洲隅，
两岸千葩映碧湖。
幽谷高冈欢语起，
桃花林里尽娇姝。

2019. 04. 01

七绝·闲步陶堰老街

暇日徐行鉴水滨，
湖波潋滟柳堤新。
小楼深巷窗扉静，
庭畔烹茶候故人。

2020.08.18

五律·平水郊外赏秋

晴昼南郊外，
秋高远嶂清。
孤村楼隐隐，
曲涧水盈盈。
日暖层林寂，
风柔落叶轻。
寒山留倦客，
独醉倚东楹。

2020. 10. 03

五律·初访剡西水竹

芳村晓雾收，
晴色入清眸。
老树凌风茂，
千家枕水幽。
弦歌飘小巷，
夕照映高楼。
执手难离别，
痴心已驻留。

2020. 11. 21

五律 · 王化①道中

春染稽东路，
松篁暗霁山。
村疏楼寂寂，
野静水潺潺。
采笋衰翁倦，
观花远客闲。
何当禾稼碧，
偕步麦垄间。

2021.03.29

---

① 王化，即王化村，位于绍兴平水镇。

清平乐·北漳观樱花

游目骋怀

二 乡村拾味

　　春日，偕友入嵊州北漳之四明山麓。山间清雾缭绕，芳村隐
秀，漫山似雪。

峰岩层叠，
雾萃清泉澈。
千树竞姿莺声悦，
岭下漫山似雪。

斜径携步东冈，
连林花雨轻飏。
俯瞰芳村掩映，
满怀煦色韶光。

2021. 04. 03

064

七律·暮春入"云端丹家"有感

壬寅暮春，过孙家岭古道上五百岗之丹家村，此地为嵊绍交界地带，层峦之上，空旷、宁静，"云端丹家"名不虚传。

幽幽一径入云端，
骤觉天开气象宽。
五百冈岑披暖翠，
万千茶垄叠层峦。
探花攀径溪童逐，
瀹茗烹泉远客欢。
莫道山居甘寂寥，
门前随处耐同看。

2022.04.19

七绝·雨天山村即景

云峰叠翠雾连天，
微雨迷离润垄田。
凭槛喜看禾黍壮，
悠然把盏话丰年。

2021.07.14

七绝·隆冬观会稽山香榧林

遥看碧树拥层巅，
沐露餐霞数百年。
莫道繁枝今已老，
秋来金果满途悬。

2022. 02. 08

二 乡村拾味

七绝·诸暨黄家店道中

连山晴翠映波光，
一曲清流绕郭长。
最是道中银杏叶，
凌风灿灿傲寒霜。

2021. 11. 10

五律·黄家店印象

雨霁霜天朗，
缘溪一径偏。
楼藏青嶂里，
峰映碧潭前。
夹道莺声叠，
依山稻垄连。
田翁开笑口，
尽说又丰年。

2021. 11. 15

七律·走平水埃玛尖步道有感

独爱清幽向冷湾，
孤峰耸峙白云闲。
穿林田垄青山抱，
倚竹农家碧水环。
鸣树黄鹂听未足，
垂枝红柿正堪攀。
寄情丘壑心相契，
任我朝昏数往还。

2022.09.28

七绝·探石砩古村①有感

步移小巷悄无人，
闲院深幽满目尘。
唯有庭前双井水，
清流汩汩咽昏晨。

2022. 01. 19

---

① 石砩村，位于嵊州长乐镇。

七绝·雨雪中入谷来①有感

青峰叠耸雾濛濛，
翠竹连冈傲雪风。
休说地偏村舍寂，
宾朋频入万家中。

2022. 02. 12

① 谷来，位于嵊州西北部。

七绝·雨中入王化古村

孤村隐约与云连，
新茗盈畦绿似烟。
自笑雨中不识晚，
看山吟味醉溪边。

2022. 06. 16

七律·秋入东茗乡村

　　秋日，随青年"越读荟"导师、学员踏访"云端上的村庄"——新昌东茗乡下岩贝和后岱山村，但见千山竞秀，清流抱涧，茶林遍野，芳村隐映，民宿兴旺，美丽乡村日新月异。

宿雨初晴爽气浮，
耸身烟岭豁双眸。
流云缥缈千岩秀，
斜径逶迤万壑秋。
垄上人家犹好客，
峰前村落任寻幽。
山乡随处添新景，
品茗临窗已忘忧。

2022.09.18

七绝·茶乡松阳久晴无雨有感

茶林稠叠卷峦丘，
九曲松溪浅浅流。
连日晴和无雨色，
那教远客不伤秋。

2022.11.02

五绝·雾天探寻云和梯田未得

芳村时隐映，
山若锦屏风。
追慕千丘叠，
徒嗟锁雾中。

2022.11.04

七律·岁晚微雨中步临温泉湖

　　阴雨中，随"越读荟"导师、学员踏访嵊州温泉湖。万顷碧湖之间，山色空濛，层林尽染，芳村隐映，仿入画中。

苍山雾隐雨霏微，

湖畔田家半掩扉。

迎客幽蹊花绕屋，

袭人空翠润侵衣。

穿林偶听黄鹂啭，

隔岸遥怜白鹭飞。

岁晚烟村如画里，

长堤徙倚憺忘归。

2022. 12. 11

七律·过剑灶村^①即景

峰峦掩映几人家，

陌上春归景静嘉。

清浅溪山花径暖，

参差楼阁柳荫斜。

邻翁荷锸翻新壤，

田妇提筐采嫩芽。

莫道闲居甘寂寞，

只缘心远隔尘哗。

2023.03.17

---

① 剑灶村，位于绍兴柯桥平水镇。

故土寄怀

坐阅山光不知暮，此心已合白云孤。

——七津·冬日登临湖塘塍有感

七律·孟秋怀故土有感

莫嗟闲寂伴朝昏,

太白①风光数小昆②。

青石桥③迎千涧水,

画图山④隐百重门。

临窗远岭飞岚气,

绕屋空阶带雨痕。

最是溪亭明月夜,

越歌断续欲销魂。

2021.08.26

---

① 太白,指剡西之西白山,海拔 1095.7 米,为绍兴第一高峰,据传李白曾云游此地。

② 小昆,位于西白山之腹地。

③ 青石桥,指小昆村口之梯云桥,为单孔石拱桥,建于 1855 年。

④ 画图山,在小昆村,与村隔水相映。

五绝·知归亭前

薄雾缭青嶂，
层林渐染黄。
亭前迎远客，
日暮碧溪长。

2017. 11. 23

武陵春·春日雨后归村即景

倚汉峰峦千叠翠，
薄雾漾清芬。
淅淅溪风拂路尘，
携步白云村。

楼栋掩映虹桥岸，
父老笑依门。
却道风光日日新，
乐煞远归人。

2018.04.10

七绝·台门今昔

一门耕读俊贤多，
朝暮相望叟幼和。
画柱雕梁今尚在，
空留社燕筑新窝。

2018.05.21

七绝·山村闲居

云雀鸣晨碧水淙，
千重黛瓦映青峰。
菜畦锄罢归檐下，
满目花光似酒浓。

2018. 08. 15

七绝·桥畔踏雪

杖藜踏雪画桥边，
千态层冰拥塞川。
蹊磴逶迤无影迹，
唯闻云雀跃枝巅。

2018. 12. 20

五律·山村春迟

山嶂孤村隐，

春归畎塦迟。

雨晴波滟滟，

风暖草离离。

茶圃邻翁语，

桃蹊远客嬉。

斜敧溪柳下，

闲看夕烟痴。

2020. 04. 11

七绝·夏日暮归

迎风穿雾向西隅，
万叠云山望里无。
野水孤村斜照外，
林蝉唱晚闹归途。

2019. 07. 30

七绝·台风袭来

风旋碧树雨敲窗，
飞瀑奔流势溢江。
忍看野田禾黍伏，
叩门问苦比肩扛。

2019. 08. 12

五律·唯念百家安

——见村干部抗洪抢险

青嶂流云聚，
沉雷撼峻峦。
南窗惊急雨，
回壑涨飞湍。
水漫登门疾，
泥淤入户难。
何悭衣履湿，
唯念百家安。

2021.06.19

五律·登门深问苦

——又见村干部在抗洪一线

村野翻盆雨，

青溪瀑水狂。

湍流侵巷道，

乱石碾柴房。

屋漏惊呼急，

墙颓抗涝忙。

登门深问苦，

早已湿衣裳。

2021.08.01

七绝·冬日访旧

岁晚登门陌上家，
竹林楼舍染霜花。
煮茶热语西窗下，
休说西山日已斜。

2020. 02. 12

七绝·山村幽居

奇峰环峙入层云，
双涧潺湲抱一村。
连日幽居浑忘世，
倦身甘此度朝昏。

2020. 03. 08

五律 · 雨后归家即景

宿雨方收歇，
凌风越峻峦。
径通林影里，
峰秀翠云端。
梁燕晨飞远，
村人晚唱欢。
听泉星月下，
把盏共凭栏。

2020.05.26

五绝·山居（四首）

看 榧

云轻青嶂静，
夕照映山阿。
荷笠柴门外，
临风看榧多。

2020. 08. 25

纳 凉

孤村隐忽中，
灯火映星空。
把扇柴门外，
徐徐涧谷风。

2021. 07. 25

观云海

雨霁高天碧，
朝云卷万崦。
千村浑不见，
时露数峰尖。

2022. 06. 06

听　蝉

日夕千峰默，
云浮翠竹冈。
隔林蝉唱晚，
迎面谷风凉。

2022. 08. 08

清平乐·秋登湖塘塍湿地

　　庚子深秋，风柔如春，偕师友乘兴攀登西白山极顶——湖塘塍湿地。湖塘秋色，雄浑、神奇、苍茫，流连忘返。

奇峰昂立，
秋爽云天碧。
石磴横斜携步疾，
一路青山悄寂。

轻抚枫叶婆娑，
临眺舞杖放歌。
遥瞰湖塘清野，
芦荻摇曳荒坡。

2020. 11. 19

七律·冬日登临湖塘塍有感

　　壬寅冬日，策杖跻攀西白山极顶——湖塘塍，高山风光雄浑、苍茫、沉寂，游目骋怀，兴味盎然。

微茫一径水萦纡，
千叠青峦渐入图。
日照乱峰惊秀翠，
风侵红叶怅凋枯。
接天草色分深浅，
当岭霜痕看有无。
坐阅山光不知暮，
此心已合白云孤。

2022. 12. 20

七绝·雨天山村即景

游目骋怀

云峰叠翠雾连天，
微雨迷离润垄田。
凭槛喜看禾黍壮，
悠然把盏话丰年。

2021.07.14

三
故土寄怀

五绝·梦归桃山

　　冬夜，梦归同窗乐波之桃山老家，当年在此受一家人热情款待，难忘。

门前青嶂合，
晚照映层巅。
把盏星空下，
泉声伴入眠。

2021. 12. 25

五绝·山村遇雪

游目骋怀

高天飞玉蕊，
万树著银装。
四望疑无路，
临窗共一觞。

2022.02.04

三 故土寄怀

五绝·岁晚山居遇雪

周天雾雪舞，
群嶂著银装。
窗冷烹茶暖，
围炉趣话长。

2023. 01. 01

五律·归乡遇雪

向晚惊飞雪，
家山忽换妆。
青峰沾玉蕊，
绿树着云裳。
冰冽轻凝涧，
风高冷透房。
何愁归路没，
炉灶正飘香。

2022.02.22

七律·踏雪登临西白山

　　时近惊蛰，偕友七八人踏雪攀登，但见雪山苍茫，忘忧草原、湖塘湿地，尽收眼底。

执笻踏雪向层巅，
太白凌霄直插天。
村邑依微千嶂外，
雾云飘拂数峰前。
地无霾染多灵草，
泥共霜濡有澧泉。
俯仰烟峦疑隔世，
坐临磐石自悠然。

2022.02.28

三 故土寄怀

七绝·登高观忘忧草地

开晴绝顶豁双眸，
万叠云山紫翠浮。
自古登高多意绪，
接天芳草又牵愁。

2022.07.25

七律·上巳节晨归有感

    三月三，乍暖还寒，偕兄弟姐妹归村，但见碧水潺潺，茶芽初露，桃花正红，山村宁静、亲切。

晓来料峭袭归人，

才识家山尚早春。

嘉树森森含翠色，

故园寂寂绝纤尘。

绿添茶垄千冈静，

红满桃蹊四月新。

骋目风光熏欲醉，

赤心依此甚情亲。

2022.04.06

七绝·归村遇久旱无雨

往日清溪欲断流，
晴空唯有火云浮。
银河万顷何时泄，
散作甘霖润稻畴。

2022. 08. 07

七绝·秋夜月下归家卧听西风呼啸有感

云峰隐隐对吾屋,
露白星稀月影孤。
夜半西风惊沈梦,
不知禾黍叶残无?

2022. 10. 13

声声慢·过坑口

浣东鹰嘴岩岭下之坑口，曾系剡西山民翻越峻岭入诸暨城之驿站。斯公渭川先生古道热肠，义薄云天，素为家父所仰。庚子岁末，余经斯宅入坑口，抚今追昔，感慨良多，遂填《声声慢》以记之。

苍山耸峙，浅水漪流，高天云霞熠熠。
榧墨畦青，村外雀鸣迎客。
步移小园芳径，漫参寻、故人踪迹。
独思忖，叹新楼林立，旧第空寂。

常忆慈颜翁媪，西窗下，时闻笑音流溢。
粝食粗茶，情暖四方氓伯。
休言遐陬僻壤，浣江东、盛传明德。
吟怀远，小桥边、凭栏追昔。

清平乐·乡情闪熠

——读家兄新书

凌云健笔，
慷慨吟心迹。
涉历冰霜风尘涤，
页页痴心闪熠。

畅叙故土风情，
传递人性芳馨。
多少荣衰苦乐，
尽归月淡风轻。

2017.06.07

忆少年·寄语学子

一帘花雨，

一方书案，

一心修习。

寻师鉴水畔，

博览中西籍。

屈指年华如过隙，

知守得、小窗清寂。

修身志难笃，

只待争晨夕。

2017. 06. 12

七律·怀近邻

朝昏时见褐衣装，
铁骨仁心似雪霜。
手种畦间蔬叶嫩，
躬耕陇上稻花香。
常临炉灶嘘寒暖，
频入柴门问短长。
怅望空庭追往昔，
春来寂寂暗神伤。

2022. 03. 05

远方驻足

跨越山河如信步，舱下都城无数。

——清平乐·飞抵德国美茵河畔

青玉案·雨中寻访同里古镇①

姑苏城外潇潇雨。

过湖岸、临烟渚。

黛瓦青墙临水处,

小桥烟柳,

朱门绮户。

舟泊垂杨渡。

长街短弄童孺聚。

曲院回廊腊梅妩。

游目闲庭饶古趣,

楼藏书卷,

壁遗诗赋。

最是催人悟。

2018. 02. 27

---

① 同里古镇,位于苏州吴江区,始建于宋代,古镇内家家临水、户户通舟,宋元明清桥保存完好。

五绝·千华古村①即景

水澈数峰幽，
林深紫阁稠。
晚来飞白雪，
凭眺眩吟眸。

2018. 02. 23

---

① 千华古村，位于镇江句容。

七绝·广州陈家书院

南风浸润凤庭晨，
琼阁雕栏足悦神。
自向梅花情未尽，
人偕啼鸟醉芳春。

2019. 02. 07

如梦令·六井潭①观海

涯岸岩礁峭耸，

海面洪波奔涌。

风卷怒潮来，

百舸扬帆接踵。

追梦，追梦，

何惧狂飙惊悚。

2017.06.16

---

① 六井潭，据称为郑和下西洋停泊地。

五绝·仲夏临石浦渔港

山岛衔柔雾，
清风拂海湾。
千樯环浦立，
渔港月如环。

2017.08.14

五绝·高铁窗前

沃野浮云影,
村村接踵来。
平畴如画卷,
次第一窗开。

2017. 08. 24

五律·良渚古城遗址印象

游目骋怀

四 远方驻足

　　仲夏，过余杭良渚古城遗址，苍穹之下，芳草萋萋，禾稻青青；草房之中，遗迹隐约，动人心魄。

仲夏群芳歇，

相携步远坰。

川原荷叶碧，

阡陌稻云青。

怀古过蓬径，

寻幽入草亭。

城池无觅处，

奉土仰遗形。

2020. 07. 20

清平乐·飞抵德国美茵河畔

踏云飞渡，
逐日西行路。
跨越山河如信步，
舷下都城无数。

良朋结伴谐和，
云间笑语欢歌。
飞抵美茵河畔，
心如滟滟清波。

2017. 09. 30

七绝·自美茵河畔行进捷克途中

暮随晴色向芳城，
碧野无垠露气清。
一路秋光浓欲滴，
琼枝次第似相迎。

2017. 10. 02

鹊桥仙·布鲁姆洛夫小镇

从布拉格驱车二小时余，进入以往的兵家必争之地，现今的世界文化遗产——福尔塔瓦河上游之布鲁姆洛夫小镇，但见绿树掩映，古堡耸立，碧水绕芳村。

山连古堡，
水流芳甸，
满目秋光和煦。
刀光戟影已成烟，
满眼是、琼楼碧树。

香堤绿岸，
粉墙橙瓦，
随处落英飞舞。
长街窄巷复徘徊，
觅遗韵、惟嗟日暮。

2017. 10. 04

七绝·泛舟多瑙河

游目骋怀

中秋月夜，泛舟多瑙河，河面水光潋滟，两岸霓虹闪烁，渔夫堡、国会大厦流光溢彩，链子桥、白桥如彩虹卧波，令人沉醉。

月色溶溶耀夜空，
波光潋滟映霓虹。
江干溢彩催人醉，
疑是星河入梦中。

2017. 10. 07

四 远方驻足

七绝·瑞士三章

飞抵苏黎世

踩云逐日向西行，
瀚海群峰翘首迎。
一夕凌飞三万里，
红枫满地月胧明。

利马特河畔即景

风轻日暖彩云悠，
金柳蓝桥映碧流。
未省此身为异客，
长堤数里步难休。

劳特布伦嫩小镇印象

雪峰缥缈映清空，

岑壑坡斜水草丰。

幽谷绮楼人萃聚，

临阶坐爱绿丛中。

2019. 10. 20

七绝·青海行（三首）

青海湖途中

晴空如洗暮云轻，
雪掩峰峦一路横。
湖畔连天芳草地，
牛羊渐向绿坡行。

临茶卡盐湖

穹宇流云岸草芄，
栈桥一线隔明湖。
清波似蕴千秋雪，
童叟争相浪里趋。

过祁连

胡杨葱郁雪峰峨，
九曲江流泛碧波。
眺望祁连山水色，
接天草地牧羊多。

2018. 10. 08

清平乐·青海湖畔

千峰披雪，
草伏西风冽。
浩渺天湖秋水澈，
柳岸兰舟雁列。

信步栈道凌波，
沙渚踏石放歌。
遥望格桑花海，
柔枝压满堤坡。

2018. 10. 12

七绝·千宿半江霞

幕春时光，临赣州"千宿半江霞"，煮茶赏花，游堤览江。

樱林葱郁岸流霞，
云雀鸣晨跃树丫。
向晓长堤行未了，
倚栏犹醉浪淘沙。

2019.05.07

七绝·登临郁孤台①

横峰叠翠大江流，
云树苍茫曲阁稠。
倚槛自多怀古意，
心随赣水共悠悠。

2019. 05. 09

---

① 郁孤台，位于赣州市区北部的贺兰山顶，因树木葱郁，山势孤独而得名。

寸心如丹

方庭却忆丹心壮，斗室犹知浩气真。

——七津·参观浙江省工委旧址有感

雨霖铃·观回山会师旧址有感

骤雨过后，赴新昌参观回山会师旧址——敬胜堂。遥想当年隆冬，浙东诸路游击武装在此越、婺、台三州交界之腹地秘密会师，筹划进军浙东，收拾山河之大计，回山遂有"浙东西柏坡"之誉。

烟山隐郁。
看奇峰峻，漫道盘折。
村前草长莺语。
行深巷里，朱楼昂屹。
步览峥嵘影迹，仰流风馀烈。
望雾野，千畈茶桑，涧水潺湲黍禾苗。

回眸往昔凄风冽。
夜途长，将士披霜雪。
几多矮墙草舍，炉火暖，浩歌清彻。
猎猎旌旗，提剑东征，屡战连捷。
茂绩已，再塑山河，更待从头越。

2021. 04. 10

134

五律·映画识雄师

——观《战狼二》

倾心谋巨制，

映画识雄师。

大漠烽烟迫，

遐荒子母悲。

舍生驱鬼蜮，

誓死击熊罴。

观者豪情奕，

人人顿展眉。

2017.08.22

江城子 · "铁马青松"①

——聆听老革命家马青故事有感

家山忽而起烟烽。

意忧忡，奋从戎。

抗暴安民、转战万峰中。

露宿风餐何足惧？

驱雨雪，靠工农。

居安犹念野田丰。

济民穷，托飞鸿。

俭朴传家，陋室拂清风。

反哺渔樵谁识得？

人人颂，会稽松。

2018.03.26

---

① "铁马青松"，是老革命家薛驹（曾任浙江省委书记）为马青的题字。

走进瑞金（二首）

七绝·沙洲坝

暮春，寻访瑞金沙洲坝革命旧址，元大屋，古樟树，尤其是乡亲夜夜守井边望北斗的故事，感人肺腑。

瓦檐低小巨樟茏，
斗室楼间觅旧踪。
最忆井边望北斗，
一泓碧水道情浓。

2019.05.25

七绝·叶坪

绿树婆娑浅草菁，
泥楼错落矗禾坪。
柴门曲径寻踪迹，
处处无言若有声。

2019.06.03

五律·过黄桥

游目骋怀

五 寸心如丹

　　深秋，过泰州黄桥古镇，为当年军民一心，取得七战七捷之故地，如今焕然一新，雄姿昂立苏中。

地遥云水阔，
秋色近郊浓。
湖岸芦花密，
壖田稻穗丰。
饼香怀旧日，
茶暖悦新逢。
忆昔烽烟地，
今朝换旧容。

2021. 10. 04

138

五绝·参观粟裕将军白马庙①陋室有感

乡居庙宇东，
凝睇挂图中。
横槊追穷寇，
军民气贯虹。

2021. 10. 05

---

① 泰州白马庙，为渡江战役指挥部旧址。

七绝·观渡江战役划船小姑娘背影照片有感

千帆列阵大江横，
将士挥戈志若城。
却看娇娘轻似燕，
舍身奋楫鬼神惊。

2021. 10. 08

五 寸心如丹

140

七律·参观浙江省工委旧址有感

嵊州长乐沃基村邢子陶故居，曾是抗战时期浙江省工委秘密驻地。老一辈革命家以此为阵地，动员民众抗战，留下诸多史迹。而今，故居修葺一新，观者络绎不绝。

韶光澹荡正芳辰，
楼阁峨峨户牖新。
树德堂前归旧燕，
青莲池外拥嘉宾。
方庭却忆丹心壮，
斗室犹知浩气真。
幸得先驱陈迹在，
一言一举喻今人。

2022.03.28

西江月·登刘公岛有感

日暮徘徊烟岛，
潮声激荡心潮。
仁人空自苦呼号，
欲挽狂澜既倒。

赖有坚船利炮，
阵前将士如麋。
残师喋血染征袍，
遗恨如涛渺渺。

2017.06.09

142

清平乐·过董郎岗王金发故居

辛丑初冬，携挚友踏访嵊州名村董郎岗，依山一座古朴台门系辛亥志士王金发故居。"东南英杰"身居僻壤，心系光复，血荐轩辕，可歌可泣。

结庐草野，
耕读高岗下。
妩媚青山浑似画，
却念忧危华夏。

举义跃马挥戈，
频掀光复狂波。
争奈东南英杰，
血染破碎山河。

2021.11.29

念奴娇·访黄埔军校旧址

珠江潮涌，见长洲岛上，环山层碧。

堤岸绿荫莺啭处，簇拥八方痴客。

庭院清幽，连廊深邃，处处陈遗迹。

凭栏凝睇，静观微雨淅沥。

多少热血儿郎，弃文横槊，矢志扶宗稷。

北伐东征驱悖逆，将士同心歼敌。

鏖战疆场，英才辈出，华夏铭勋绩。

涛声依旧，江天帆影长笛。

2019.02.18

清风徐徐

入龙山踏访，泉留史册；沃洲吟唱，情绕岚峰。

——沁园春·观诗路清风百米长卷有感

念奴娇·廉馆偶吟

游目骋怀

己亥岁末，绍兴清廉馆开馆。忆及二百余日焚膏继晷，殊不易也，慨而咏之。

凭栏眺望，见龙山东麓，新馆昂立。

长卷画廊屏幕里，昭显千秋廉脉。

清白碑文，先贤群像，镌刻亲民德。

穿行今昔，满怀清气流溢。

难忘初夏良辰，芸窗书案，俊逸齐云集。

向暮挑灯星月下，博览古今篇籍。

不畏飞尘，何言寒暑，连袂倾心力。

殊功初就，浩然追仰高节。

2020.01.27

六 清风徐徐

146

忆秦娥·廉馆漫步

　　入绍兴廉馆，踩"步步生莲"，探廉脉、品先贤、观清戏、览廉路，如沐清风。

新馆屹。
连廊画轴先贤列。
先贤列。
亲民堂暖，
清白泉冽。

穿行莲路步轻捷。
千秋廉脉锤风骨。
锤风骨。
浊流涓涤，
肝胆如雪。

2020.05.12

满庭芳·大洋无界

——观电视剧《领养》

　　《领养》演绎一位离异母亲为拯救身患白血病的养女，跨国寻找养女亲生父母故事。全剧如抽丝剥茧，层层深入，人物之间个性冲突，中西文化的碰撞，在寻亲、治疗和病愈过程中尽致呈现，备感温馨。

远涉重洋，高飞千里，奈何流落西东。
频施援助，何必偶相逢。
更有院庭内外，竭心力、寻觅音踪。
惟忧结，天涯咫尺，阻隔又重重。

休言名利绊，鸿门寒舍，血脉相融。
又识得、心如细雨微风。
怜子情亲无限，荧屏外、谁解深衷？
良知在，大洋无界，守望暖心胸。

2017.08.28

七绝·海棠依旧

——聆听周秉宣讲述周恩来家风故事有感

春光浸润北窗枝，
叠萼重葩绽静姿。
莫道根苗依沃土，
风吹雨袭寸心知。

2018. 04. 02

七绝·一池青荷

清波湛澈柳丝长，
一水青荷映堰塘。
绿岸难寻花弄影，
独怜菡萏自芬芳。

2019.06.17

踏莎行·无题

草泽含霜，
书林吐馥，
凌风浥露行弥笃。
满怀清气若雾虹，
翩然襟抱温如玉。

独酌凭栏，
长吟送目，
一池碧叶何氤郁。
亭亭秀色立深波，
何愁长夜狂风沐。

2022.08.05

忆秦娥·疫去春归

瘟神逼。

万山寥落千村寂。

千村寂。

白衣奔袭，

酣战妖疫。

漫城愁雾尽清涤。

山阴道上韶光奕。

韶光奕。

群峰叠翠，

百川流碧。

2020.03.22

七律·霜月夜寄抗疫逆行者

冬夜，见十五月下霜雪满地，寒气袭人，遥想一线抗疫的白衣战士和守小门、安万家的志愿者，不舍昼夜，逆行不止。

舜江①呜咽东山②寂，

瘟疫殃民势欲狂。

万户呻吟频见急，

八方慷慨逆行忙。

白衣问诊争朝夕，

红甲巡门忍雪霜。

众志如钢同勠力，

扫除妖孽沐韶光。

2021. 12. 19

---

① 舜江，即曹娥江，为上虞区内最大水系。

② 东山，位于上虞区上浦镇。

忆秦娥·观创意庆典之夜

　　秋夜，城西迎恩门外廊桥畔，临水榭舞台观看金德隆创意团队
精心创排之庆典晚会，精彩纷呈。

秋波碧。
廊桥侧畔群英集。
群英集。
弦歌穿夜，
湖岸辉熠。

十年华诞留航迹，
而今踏浪添飞翼。
添飞翼。
纵横江海，
扬帆鸣笛。

2020. 10. 15

七律·近观"大块文章"

庚子孟夏，雨中赴中华艺术宫参观鲍贤伦老师"大块文章"书法展。

巨制沉雄迥绝伦，

晓昏凝眺数游巡。

如椽健笔崇高古，

悬壁华笺展美新。

论道若闲风骨峻，

挥毫虽幻性情真。

往来宾客无虚日，

识得襟怀有几人？

2020.06.23

七绝·过兴化郑板桥故居

瓦檐低小翠篁长，
一碧荷塘映画廊。
论艺时夸兰竹怪，
焉知风骨更昭彰。

2021. 10. 06

七绝·杭城访于谦故居

吴山北麓之于谦故居院落狭小，陈设简约，忠肃堂、思贤庭、古井、池亭，一眼可望到底，清白人生，居室可见。

吴山岑寂巷愔愔，
忠肃门庭见赤心。
多少功名归粪土，
千秋犹涌《石灰吟》。

2021.12.01

点绛唇·绍剧"小老旦"

高步雍容，
披霞带甲英姿见。
情和弦管，
金嗓穿帷幔。

一唱三叹，
赢得声声赞。
学不倦。
师门寻遍，
只为梨园灿。

2017.06.19

五律·过泰州梅兰芳纪念馆

秋日，入泰州梅兰芳纪念馆，路转廊回，芝兰袭人，梅派风采，引人入胜。

凤城流水碧，

梅苑散秋晖。

楼阁连芳径，

池亭隐翠微。

静听琴曲杳，

痴看剑花飞。

满目芝兰蔚，

徘徊暮醉归。

2021. 10. 11

满庭芳·观新版绍剧
《孙悟空三打白骨精》后感

辛丑初冬，为纪念毛泽东《孙悟空三打白骨精》题诗60周年，浙江绍剧艺术研究院重排此剧，重温经典，不胜感慨。

人涌欢声，台盈流彩，乐池一片笙箫。
玉兰梅朵①，粉墨竞娇娆。
多少繁弦漫唱，翻江海②、直破云霄。
齐声赞，金猴舞棒，几度斗魔妖。

抚今追往昔，名伶荟萃，一戏呈豪。
万众吟，巡山开路遥遥。
更有轩堂献演③，惊南北、独领风骚。
痴心在，梨园薪火，赓续看今朝。

2021. 11. 23

---

① 玉兰梅朵，指戏剧梅花奖和白玉兰奖获得者。

② 翻江海，指绍剧抒情长腔"海底翻"。

③ 轩堂献演，指1961年10月，"三打"进中南海怀仁堂演出。

沁园春·观诗路清风百米长卷有感

辛丑仲夏，绍兴与中国美院合作之诗路清风百米长卷在杭首展。忆及师生勠力同心，不舍昼夜，绘就国内独创之百米长卷，感慨良多，遂填写《沁园春》以记之。

笔染丹青，天开图画，扑面清风。
望云山烟树，层峦迤逦；江堤湖岸，万象葱茏。
墨客骚人，先贤往哲，清韵廉声遍越中。
流连处，有群儒齐集，咸慕穷工。

回思岁近隆冬，临越地、探寻诗路踪。
入龙山①踏访，泉②留史册；沃洲③吟唱，情绕岚峰。
长夜擎灯，俊才聚力，泼墨挥毫写意浓。
览卷罢，识稽山鉴水，气朗苍穹。

2021.06.30

① 龙山，即绍兴卧龙山，位于绍兴城西，因为形状很像卧龙，被称为卧龙山。春秋时为越国王城，后因旧绍兴府衙设在山东麓，改称府山。

② 泉，指范仲淹于龙山疏浚之"清白泉"。

③ 沃洲，即沃洲山，在新昌县东，为道教名山。

七绝·参加"鉴水吟"清廉雅集有感

游目骋怀

兰舟翻浪映青岑，
纤道①凌波亘古今。
诗路逶迤追往圣，
遣怀再谱鉴湖吟。

2021.09.27

六　清风徐徐

---

①　纤道，即绍兴古纤道，位于浙东运河绍兴段，是古人行舟背纤的通道。

七律·偕石城诸友观"诗路清风"画展

梅江水畔一图横，
览看山川步步惊。
天姥①烟岑朝日出，
剡溪②柳岸远村明。
寻踪往圣吟遗韵，
追慕先贤悟正声。
诗路逶迤难驻足，
惟思表里自冰清。

2021.09.01

---

① 天姥，指新昌天姥山，位于新昌东南，为"浙东唐诗之路"的精华地。

② 剡溪，为曹娥江上游嵊州境内的主要河流，是"浙江唐诗之路"的"黄金水道"。

水调歌头·"诗路清风"印象

　　辛丑夏秋，诗路清风百米长卷开展时逾百日，观众纷至沓来，余兴未尽。

　　汤汤梅江①畔，浩浩一图②悬。
　　丹青挥墨，清气烘染万峰峦。
　　遥载晋唐诗韵，勾画越中廉迹，满幅咏先贤。
　　缘溪向天姥，廉路势连绵。

　　山水卷，清风荡，万众叹。
　　几多宾客，随景移步探渊源。
　　惊艳诸儒逸兴，仰慕群贤明德，心若润甘泉。
　　沉浸云山里，画意满心田。

2021. 10. 31

---

①　梅江，指绍兴梅山江。
②　一图，指诗路清风百米长卷。

164

七律·读清风图稿有感

平添画稿喜如狂，

开秩犹闻翰墨香。

诗路^①千秋遗迹在，

廉风有咏昔贤彰。

静观形胜连空翠，

深识楼台耀岁光。

满卷丹青堪悦目，

一图一景意深长。

2022.06.28

---

① 诗路，指浙东唐诗之路。

七律·真情之魅力

——观《人世间》有感

静候荧屏日夜牵，
感怀难抑泪涟涟。
妻孥唯恨离愁苦，
朋旧常思别梦圆。
携手解忧无弱骨，
卜居扶老有柔肩。
相依不羡千金赐，
但奉心归一世缘。

2022.03.09

七律·"唐医生"① 印象

独恋荧屏夜坐迟，

白衣绰约见风姿。

蕙兰心性音容秀，

冰雪才情艺业奇。

妙手常除人抱病，

灵思数解命悬丝。

自知仁术遥无境，

守护苍生愿不移。

2022.07.22

---

① 唐医生，即电视连续剧《唐医生的一切》女主角。

渔家傲·满目辞章清气溢

——观全国青少年学子廉洁文化书法大赛展

西望兰渚晴历历。

芰荷映蔚一池碧。

少长如云追雅集。

偕南北，

廉文千帧横层壁。

年少挥毫犹宾力。

今风古韵昭高逸。

满目辞章清气溢。

随翰墨，

宾朋纷拥朝连夕。

2022.08.11

七律·巧与天成亦觉同

——观民间工艺美术展有感

巧与天成亦觉同，

登门品量屡凝瞳。

盈楼物象疑神造，

满壁瑶图叹鬼工。

气韵自存修态里，

才情更见赋形中。

画廊清绝看难歇，

始识丹青意趣丰。

2022. 11. 25

游目骋怀

六 清风徐徐

七律·步游沪上武康路洋街至巴金故居

晴雾天开得胜游，

轻衣快履惠风柔。

洋街辗转鸿门寂，

老树横斜邸院幽。

闲绕阶除嗟雨雾①，

静临窗几仰春秋②。

倚楼感旧心犹恋，

放步凝眸未忍休。

2023.03.27

---

① 雨雾，指巴金创作的爱情三部曲《雾》《雨》《电》。

② 春秋，指巴金创作的激流三部曲《家》《春》《秋》。

七律·从百草园到三味书屋有感

仲夏，鲁迅故里游人似织。众多青年学子游走百草园到三味书屋，其凝神观照之态，令人赞叹不已。

步入街西人似云，
凝眸慈色息尘纷。
小园野越尚如故，
老屋书声无复闻。
慷慨立言称绝代，
孤危守义感斯文。
辞章胸次真名世，
负笈诸生争识君。

2023.06.12

七律·仲夏参观青藤书屋有感

　　青藤书屋原名"榴花书屋"，为青藤画派鼻祖徐渭降生处。今存天池、自在岩、漱藤阿诸景。后室"洒翰斋"为徐渭幼时临轩习书作画之儿。

厌径无尘委巷深，

榴花庭院复追寻。

方池①水抱青藤绿，

斗室檐依翠竹阴。

洒翰当轩知自在，

题诗入画感浮沉。

文心墨趣唯真我，

犹解平生放浪吟。

2023.06.15

---

　　① 方池，即天池，为石砌小池，徐渭称"此池通泉，深不可测，水旱不涸，若得神异"，故名"天池"。

172

师学无涯

融悟鸿儒卓见，识精义、如饮甘泉。

——满庭芳·又入清华园

汉宫春·寻访宋六陵校区

　　戊戌深秋，余随众学友首次踏进母校宋六陵老校区，见灵山秀水之间，古松葱郁、砖楼错落、斜径通幽，处处镌刻着逝去的岁月。

越地东望，见清溪流淌，遍野茶桑。
膏田连绵无际，稻穗金黄。
青峰岭下，尽说是、昔日砖房。
留恋处、小楼芳径，曾闻吟诵琅琅。

常忆寒乡僻壤，有鸿儒毕至，巨制盈庠。
堪嗟菁菁学子，为梦痴狂。
苍松依旧，却顾盼、鬓染秋霜。
唯寄意、荒庭馥郁，更延一脉书香。

2018. 10. 25

满庭芳·又入清华园

时值金秋，余又入清华园研习，但见绿树蓊郁、碧水潋潋。二校门内，寻觅大师踪影。水木清华，行胜于言，难忘。

新绿含芳，旧枝争秀，满园葱翠依然。
白杨荫里，楼阁露姿颜。
移步闲池曲径，渌波漾、荷叶田田。
青墙外，湖清木华，看柳岸花嫣。

流连，如赤子。
倾情品味，时拨心弦。
且莫思游赏，面壁修研。
融悟鸿儒卓见，识精义、如饮甘泉。
常思慕，先贤足迹，行更胜于言。

2017. 09. 14

七律·过龙岩怀万云骏先生

余曾随华东高校众学子求学于闽西郊外，词学家万云骏先生携弟子赵山林亲授诗词曲。己亥暮春，余取道江西瑞金入福建龙岩重游旧地，但见嘉树森森，山舍犹在，先生教诲如在目前。

游学闽西兴未疲，
端居陋室乐为师。
惟忧翰苑英儒少，
且喜郊墟弟子奇。
入院高谈唐宋卷，
临窗妙悟古今词。
当时芳径看犹在，
奕奕繁花满劲枝。

2022.05.03

八声甘州·步芜湖安徽师大故园

戊辰仲夏，余曾背着书囊，于烈日高温下求学于芜湖之镜湖岸畔，聆听齐森华、高建中、谭帆、周圣伟诸先生面授诗词曲。癸卯暮春，偕杨子故地重游，旧貌无存，唯林荫嘉树依然。

叹流云如火晓晴天，渺渺去程赊。

入镜湖岸畔，朱楼隐映，莺语交加。

是处同门共读，俏影映窗纱。

兴至吟诗赋，清绝堪夸。

追忆同窗朝夕，步迢遥驿路，水阔山遐。

看故园池阁，草卉倍清嘉。

几无存、当时讲舍，念儒师、怅恨隔天涯。

唯留得、林阴嘉木，如诉芳华。

2023.05.04

七律·初入枫桥学院

浮云簇簇碧溪长，
迢递苍山学苑藏。
重阁回廊含画意，
长堤香径映晴光。
清吟精义穿丛竹，
奋笔新篇伴夕阳。
固守芸窗惜朝暮，
追书未减少年狂。

2023.02.22

卜算子·岁末新嵊学子欢聚石城山有感

幽径入云崖，
琼谷藏楼榭。
风拂清波送暗香，
人醉朱梅①下。

岁月润芳华，
品性从闲雅。
怀旧吟今话语长，
酒暖寒山夜。

2018.01.04

---

① 朱梅，道是朱熹在石城山修学时所植。

采桑子·若耶溪畔师友小聚

游目骋怀

七 师学无涯

南园雨霁春光媚，
芳草葱菁，
池岸啼莺，
碧树婆娑绕宇庭。

临轩把酒笙歌里，
诗乐谐鸣，
倩影盈屏，
争奈钟声过二更。

2018.06.25

七绝·雪中小聚

玉尘飞舞白如纱，
雪缀池亭绿树斜。
旧侣邀欢盈座榻，
一壶香茗意无涯。

2018. 12. 10

七绝·冬夜拜望恩师

梅映芸窗又一年，
慈颜和悦喜依然。
立言怀德真名世，
身静犹思效古贤。

2022.01.22

七绝·与师长相聚杭城有感

相逢孤馆不思还，
把盏临窗燕叙欢。
唯愿儒师身手健，
无须吟望倚栏杆。

2019.12.06

五律·与师长学友石城小聚

山城钟秀异，
时夏昼愔愔。
风拂澄波岸，
云缭叠翠岑。
举觞深浅酌，
歌赋短长吟。
无意言离别，
凝瞳已见忱。

2021.07.22

钗头凤·追念授业恩师邹志方先生[①]

繁星熠，
芸窗谧，
夜阑犹惜光阴迫。
追诗脉，
探遗迹，
振笔成章，
几多篇籍。
奕、奕、奕。

长遥忆，
遇慈膝，
翦灯温语情流溢。
今非昔，
泪痕浥，
和容声影，
怎生寻悉？
泣、泣、泣。

2021. 06. 08

① 邹志方先生，为绍兴文理学院教授，是研究陆游、浙东唐诗之路
诸领域著名专家。

184

蝶恋花·初夏欣逢旧友

池馆新晴迎契友，
和泪相看，
眉目仍清秀。
把盏怡怡开笑口。
夜阑欲别还牵袖。

年少相逢伸暖手。
共度芳华，
德艺倾情授。
对月独吟时念旧，
素心晨夕长坚守。

2017. 07. 19

露华·永和塔^①下与学弟妹重逢有感

雨声淅沥，望柳堤塔影，薄雾空濛。

枕河院落，几多旧友相逢。

执手笑看姿貌，却仍如、往日音容。

帷幔里，欢歌细语，宴乐融融。

常思惠风和畅，有秀媛才郎，书苑寻踪。

弦歌泛夜，诗思漫越星空。

堪惜斗移星转，幸今朝、桃李葱茏。

频把盏，离情比酒更浓。

2019.08.31

---

① 永和塔，位于绍兴偏门外小亭上。

七律·感事遥念诸学子

烈日炎风苦夏长，
临窗怅望黯神伤。
常思欢聚空翘首，
无奈生离欲断肠。
席上笑言翻似梦，
镜中须鬓渐成霜。
何当畅叙鉴湖岸，
执手相看泪数行。

2022.08.25

游目骋怀

七 师学无涯

七绝·偶见泰州五巷小学银杏树有感

游目骋怀

深巷徘徊学舍东，
凌空树色郁葱葱。
金风染出参天翠，
叶叶咸归沃土中。

2021. 10. 07

七 师学无涯

七律·幸遇名师

——怀潜苗金先生

当年，余走出山乡求读于名校长乐中学，随名师潜苗金先生学习语文。先生博学、宁静，诲人不倦，尤专于古典文学教学和研究。及至暮年，研学不辍，接连撰写研究论文，出版学术专著。

昔年负笈叩门来，
依傍硕师意界开。
诸子相随围讲席，
孤灯问学映窗台。
闲吟周礼勤斟酌，
静诵陶诗费剪裁。
独恨书存人已远，
满腮涕泪不胜哀。

2013.07.15

亲情绵长

——五津·重阳过杭绍台高速探母有感

柴门才半启，已满唤儿声。

钗头凤·重归纺车桥河沿

　　河沿小屋，曾是外父母居所。多少记忆，历历在目，而今人去楼空，千般感伤，袭上心头。

东桥畔，
轩窗暖，
挑灯穿线长宵短。
闲语蜜，
慈颜奕，
把盏邀欢，
俏音流溢。
忆、忆、忆。
清波缓，
燕空哢，
泪痕长向繁花满。
人非昔，
琐门寂，
多少心笺，
托归谁悉？
惜、惜、惜。

2020.08.02

192

七绝·又过纺车桥河沿

听莺晓日过桥来，
绕井繁花次第开。
却恨楼空尘又锁，
再无慈膝倚窗台。

2022.04.30

鹊桥仙·良辰又至

风荷含露，

垂杨滴翠，

却道良辰又至。

梳风沐雨润流年，

尽说是、丰姿如蕙。

繁星围聚，

夜风送爽，

柳岸漫行偎倚。

流年似水悄无声，

更把那、韶华咀味。

2017.07.24

194

意难忘·冬夜若耶溪畔小聚有吟

月洒耶溪。

看知交荟萃，情溢缇帏。

茶香欢悦兴，诗暖泪花飞。

追往昔、话佳期。

把盏两心痴。

看满席、轻弦浅唱，俏语迟迟。

常思寒雨霏微。

过纺车桥畔，如遇韶晖。

辞章盈绮室，丝竹绕窗扉。

相见晚、步难移。

惟嗟日沉西。

只与伊，西窗共烛，琴瑟相依。

2020. 12. 05

浣溪沙·怀父亲

夕照西山树影长，
田畴层叠稻花黄。
挥镰担谷去来忙。

莫说柴门无礼乐，
却看草野有书香。
倚楼遥思黯神伤。

2017. 10. 10

钗头凤·又怀父亲

金风爽，

禾苗长，

荷锄挥汗田坡上。

炉柴烈，

菜羹热，

把盏迎客，

一腔欢靥。

悦、悦、悦。

慈心朗，

自难忘，

几回归梦遥相望。

秋霜冽，

水空澈，

挑灯温语，

有谁同说？

没、没、没。

2021. 10. 19

浣溪沙·追念外母

夏雨骤来风送凉，
小池潋滟藕花芳。
清觞轻酌念慈娘。

幼习旦生台溢彩，
暮研颜柳墨留香。
追思往迹倍神伤。

2018. 07. 09

五律·梦归

路遥愁日暮，
疾步碧溪边。
深谷浮新绿，
危峰绕夕烟。
鸡鸣闲院里，
蝉唱茂林巅。
慈母闻声出，
相看涕泪涟。

2017. 06. 21

满庭芳·慈母九十初度

云树葱茏，雾岑缥缈，田园渐露春光。

元宵时节，嘉客聚萱堂。

执手嘘寒问暖，情浓处、共话西窗。

宴酣乐，盈盈笑语，祝福满琼觞。

常思朝夕迫，亲慈容貌，尽染繁霜。

所幸是，热肠遍泽村坊。

更忆挑灯缝补，细叮嘱、课读儿郎。

惟祈盼，心怡体健，相伴到天荒。

2019. 04. 18

五律·重阳过杭绍台高速探母有感

秋晏萌归意，

稽山越岭行。

天连青嶂阔，

风送晓云轻。

烟树依稀见，

芳村隐映迎。

柴门才半启，

已满唤儿声。

2020. 10. 27

五律·除夕

朔风吹细雨，
辞岁急还乡。
浅水环堤岸，
连冈映雪霜。
争言醅酒暖，
共话菜羹香。
慈母无眠状，
西窗软语长。

2022.02.02

高阳台·怕归来

秋去冬至，余偕家人回归旧宅。忆及儿时欢聚一堂，其乐融融，而今人去楼空，物是人非，予怀怆然。

华屋楼高，燕儿绕柱，弟兄课读西厢。

慈母穿针，舒眉缝制新装。

采得溪畔畦中菜，看锅台、肴馔炊香。

夜灯明，邻佑盈门，情溢轩窗。

寻思归梦萦纡地，叹几多离别，尘满空梁。

炉灶依然，凝眸难掩含怆。

满壁字墨依稀见，更吁嗟、往日韶光。

怕归来，倚槛沉吟，独自神伤。

2022.11.16

七绝·中秋归家

山黛云轻夕照长，
清溪流淌稻畦黄。
归门凝坐东篱下，
频举清觞酻月光。

2019. 09. 16

八　亲情绵长

忆秦娥·捷报飞来

朔风冽。

林池萧瑟梅梢蔚。

梅梢蔚。

旭日光暖，

啼鸟声悦。

迎霜沐雨步轻捷。

柔肩荷重添新页。

添新页。

丰姿似菊，

初心如雪。

2021. 02. 06

浣溪沙·欣闻女儿修完学业

负笈离乡隔一方，
此时微雨彼临霜。
樽前月下漫思量。

面壁苦吟嫌日短，
倚窗欢语惜情长。
咀英撷秀满书囊。

2018.05.30

七绝·秋夜怀远

孤星闪烁晚风凉，
柳老荷枯桂子香。
清夜又逢秋月朗，
一怀幽绪寄丝簧。

2019. 09. 11

游目骋怀

八 亲情绵长

七绝·女儿归来

长天如洗绝纤尘，
庭院轻阴鸟语亲。
风动桂枝颔首笑，
馨香留待远归人。

2019. 09. 30

七绝·中秋夜

岁又中秋，女儿一人自拉琴、弹奏、演唱，组合为一幅唯美画面。静听弦歌，乡愁满怀。

风净江平树影斜，
天涯明月共光华。
荧屏夜奏思乡曲，
遥隔重洋漫说遐。

2021.09.22

渡江云 · 寒屋兴怀

冬日归乡，温暖如春。乡邻言及路边陋室，曾是父母儿女四人短期借居之所，余于此门出发求学进城，难忘。

斜晖开野色，落霞分绮，乍暖似阳春。
步转溪桥岸，浅水潺湲，归径净无尘。
谁家翁媪，乡音悦、笑靥怡人。
留恋向、低檐小屋，默默向黄昏。

怀恩。
菜畦嫩苗，果满篱墙，识几多劳困。
伴儿郎，临窗课读，不舍宵晨。
而今门掩炊烟寂，更堪嗟、难叙情亲。
空怅望，无言黯自伤神。

2023.01.16

210

后　记

马立远

　　我常思忖着：如果是一位写作者或研究者，最好的状态是将研究与创作融为一体，诗词研究和创作尤其如此。多年来，我坚持着阅读和写作，常读历代诗词，尤其是杜甫、王维、孟浩然的诗，柳永、周邦彦的词和陆游的诗词，也关注着诗词曲的研究前沿。然而，只是随意挥写一些小文，一直未敢踏入诗词创作之门。

　　我涉足诗词创作领域颇为偶然。几年前，家乡不经意间矗立起一座座亭台楼阁，掩映于青山秀水之间。自信的父老乡亲希望村里人自撰楹联，为山村增添文化底色。楹联要求对仗工整、平仄协调之规矩，恰与律诗规则一致。于是，我在参与撰联期间，似乎被激活潜能，萌生创作诗词的念想。

　　谚云："熟读唐诗三百首，不会吟诗也会吟。"于古人而言，因为自小通晓格律，似乎可信。而对今人来说，由于不谙平仄、用韵，实勉为其难。因此，对今人而言，诗词的欣赏与创作完全是两码事。我如幼儿学语、学步，开始试写绝句和小令，然后是五律和中调，最后是七律和长调。我想，与其它传统体式一样，诗词也应以古为徒，师古化新。人们对唐诗以情韵取胜，而宋诗以理趣见长早已成共识。而个人认为，今人很难企及唐人大气磅礴、恢宏开阔的气象，而唐诗情景交融，宋诗委曲精深，呈现散文化倾向较契合当代人的创作倾向。《论语·阳货》云："诗，可以兴，可以观，可以群，可以怨。"可见，诗歌与其他文学样式一样，可以成为折射时代社会风貌的镜子，窥探作者心情意绪之窗户。于是，我将平时见闻之中的感悟，体验之后的感触，转化为长短句诗篇。我不会无病呻吟，不擅长描摹花草虫鱼，心灵防护墙似乎过于厚实，一些喧嚣场景很难直抵内心，激起波澜。我信奉"在心为志，发言为诗"（《毛诗序》）之说，虽难及"赤子之心"，却能怀着真诚、向往美好，视赋诗填词为传递和弘扬真、善、美，修炼和升华精、气、神的承载体。

自古东南山水，尤以会稽为美。东晋以降，稽山剡水日益成为文人雅士寄托理想、抒发情志之圣地。他们或生于斯，或游于斯，观照山水抒发情思、追忆历史寄托幽情，留下大量诗文佳作。今人所谓"浙东唐诗之路"，实乃兴于东晋、盛于唐代，绵延千年的墨客骚人游历之路。历代文人进入越中歌山吟水，留下许多诗篇之外，还有众多遗迹、遗存和传说。我偶尔登临山水，时而踏访旧地，游目骋怀，沉浸在与古人对话、与诗路交融之中。过鉴湖、若耶溪、八字桥，乃至国清讲寺，登日铸岭、刻石山、梅山、鼓山，以及江南长城，聊发思古之幽情，抒感今之逸兴，旧貌新姿，反复吟唱，沉醉其中。

走出越城，在广袤的古越大地上散落着众多乡村，像颗颗明珠镶嵌在稽山剡水之间。它们伴随着若耶之樵风、剡溪之欸乃、鼓山之书声，从古代走来、向未来走去，承载着厚重而多彩的历史文化，又焕发着勃勃的生机和活力。当我走进会稽、天姥深处，领略古朴而沉静、洁净而有序的乡村风貌，真切地感受到乡村之美，美在流古韵、展新颜。于是，随着行走所至、目之所及，乡村风光不时入脑走心，化为长短不一的诗篇。闲暇时光，我也会游走都市、边疆、海岛乃至海外，在领略他乡风光，打量异域风情之中，且行且吟，守护着心中这份行者无疆、思者无域的念想。

鉴湖越台，名人辈出；会稽烽火，气逾霄汉。无数仁人志士在越州大地上立下了不朽的功勋。他们的崇高境界、高尚品德，令人肃然起敬；他们的浩然正气、独特魅力，使人备受激励。我曾踏访金萧黄家店、烟山敬胜堂等许多红色纪念地，也曾走出绍兴瞻望刘公岛、黄埔军校、瑞金、黄桥等历史旧址，而且乐此不疲，时时抱着"虽不能至，心向往之"的期待，知与行都如此。

我有点念旧。家山故土、父老乡亲构成心中挥之不去的乡愁。一个从文化古村走向美丽乡村的鲜活样本，又让我不惜笔墨，倾情讴歌。尤其是对那些伴随我一路走来，支撑我不断前行的师长、家人和挚友总是心存涌泉之恩，无以滴水报答之惶恐。于是，我总是与师长故交、同窗挚友相聚为乐，即使难以聚首，也心存感念和怀想。每每重返校园、回归旧地，满怀的是深长的感恩和眷恋。

诗词作为曾经之一代文学，与楚骚、汉赋、六代之骈语一样有其独特体性和规范。作为后来者，借此言志缘情，更应守护基本规矩。如此，才是对优秀传统文化的敬畏、爱护和弘扬。于诗词格律，今人稍加努力，都可熟悉掌握其基本规则。而创作诗词的关键不是平仄，在于修炼情怀、风骨和境界，既能入乎其内，又能出乎其外，写出有清真之气，无媚俗之态的"真景物、真感情"（王国维《人间词话》）。正如著名辞赋家、文化学者李牧童先生所云："为诗者必先具一诗心，立一副诗骨，尔后荜云烟化月以养其情，

历雪雨风霜以铸其品，穷坟典索丘以通其性，境乃臻上乘矣。此诗之道也!"(《柴桑诗稿序》)

时至癸卯初夏，我将近年创作的以千年诗路为引领，吟诵山、水、村、人、情之诗词进行了一次梳理，选择其中二百余首，分八个专题辑录成集。从中尤感诗词研学无止境，创作永在路上，自己仍在爬坡过坎之中，远未及内心向往之境界。感谢诗人、至交李牧童先生一直以来的指导、帮助，并倾情为本书作序；感谢诗人、朗诵艺术家夏天先生在"喜马拉雅"音频分享平台开设立我的诗词朗诵专栏；感谢恩师顾琅川教授，著名诗人、研究员许学刚先生等许多师长、好友，特别是我的家人的鼓励和支撑，他们的包容、厚望始终是我继续前行的不竭动力。

2023 年 7 月

游目骋怀

后记